Wiglaf Droste

Wasabi dir nur getan?

Gedichte

Verlag Antje Kunstmann

Umschlag: Hans Traxler
Typografie + Satz: Schuster & Junge, München
Druck und Bindung: Kösel, Altusried
ISBN 978-3-88897-704-6

Meer und Rettich

Aus tosendem weißem Meer rett ich
dich, meine schöne Gabi.

Doch was nimmst du ängstlich, ja panisch
so grüne Farbe jetzt an?

O Gabi! Sake: Wasabi
dir denn nur getan?

Paradies und Paradas

Paralympics, Paralyse,
es gibt viele Paradiese.
Grüne Wiese, frische Brise,
ein Pirat nimmt eine Prise.
Und im »Frische-Paradies«
gibt's vom Kalb ein bisschen Bries.

Paranüsse, Paradox,
wer knackt endlich mal Fort Knox?
Parasol und Paraguay,
paaren können sich nur zwei.
Und die enden dann, und wie!,
in der Para-Therapie.

Para ist nicht ungefährlisch,
manchmal para-militärisch.
Auch ästhetisch furchtbar fies
ist das Teppich-Paradies,
denn in solchem Paradiese
liegt obszön die Teppich-Fliese.

Paradies wird Paranoia,
die heißt deutsch auch Umsatzsteuer.
Und ein Blindenhund bestaunt
einen Film von Paramount.

Es gibt dies und es gibt Para.
Mancher Paragei heißt Ara.
Nein? Es war ein Papagei?
Mamagei war nicht dabei?

Paradies und Paradas?
Leute, macht euch doch nicht nass.
Paradies: Das heißt für jeden
seinen Schrebergarten Eden.

Morgenlaune

Nach etwas zu kurzer Nacht
bin ich früh schon aufgewacht,
aber, trotz Winter, mit warmen Händen.
Wo der Lebenskrimskrams enden
soll und sicherlich auch wird?
Noch habe ich das nicht kapiert.

Man versteht nicht immer, was man längst weiß.
Eins nur ist sicher: Du zahlst deinen Preis.
Das ist gut und richtig.
Gibt es ein Wichtig?

Neben dir schnurrt die Katze
mit zarter, rosaner Tatze.
Mehr muss man nicht wissen. –
Und nun raus aus Federn und Kissen!

Espressomaschinchen gurgelt,
Rühreierei pfannenschmurgelt,
Leben, noch eben zerschundet,
Achmed, nein, Quiquatsch!, atmet,
duftet, schmeckt und mundet
nicht nach MitropaMohamett-Brötchen.
Katze, gib nochma Pfötchen!

Meinen Restkopf erreicht die Depesche:
Zeit ist's für größere Wäsche.
Ab ist das Rad?
Dann hurtig und munter ins Wannenbad!

Gleich nebenan in der Waschmaschine
sitzt eine riesige Wäschelawine
und seufzt bang: »So geht das lebenslang –
am Ende kommt immer der Schleudergang.«

Morgen hat brachen

Morgen hat brachen
wie erster Morgen
Schwarzvogel sprachen
wie Formel eins

Während ich den Volksempfänger wieder auf null drehe,
fällt mir noch eine Zugabe ein:

Schön ist Markknochen
ich werde ihn kochen
für dich und für Jochen
für mich und Karlheinz

Aus dem Kräutergarten

Der Petersil, der Petersil
weiß alles, doch er spricht nicht viel.

Scharf protestiert gleich die Melisse:
Sie sei es doch, die alles wisse.

Agnostisch ist der Majoran:
liest weder Bibel noch Koran.

Sein wilder Bruder Thymian
sagt: »Gott, das geht mich gar nichts an.«

»Dumm schmeckt gut«, prahlt Basilikum.
Er kriegt damit Tomaten rum.

Ganz locker sieht's der Rosmarin:
»Lieb ich nicht sie, lieb ich halt ihn.«

Am Ende seufzt die Pfefferminze:
»Was soll man machen – tja, so sindse.«

Lied vom Kochen und der Liebe

Wer zweimal mit derselben schlemmt,
gehört der zum Establishmemt?
Im Gegenteil und Geigentiel,
das Innigliche ist das Ziel:

Tiefe, Nähe und das Wissen,
was die Liebste wirklich möchte.
Welche schönen Leckerbissen
koch ich ihr, wenn ich denn köchte?

Auf dem Markt kräht das Geflügel,
lungern Fisch und Meerestiere,
Kalbes Schnitzel kriegt hier Prügel,
wonach ich nun gar nicht giere.

Ich verzichte leicht und düse
zu den Markt- und Bauersfrauen,
die Herrn Obst und Frau Gemüse
ohne Che und mie anbauen.

Ich betrachte, was sie haben,
alles Gute aus dem Boden.
All die wunderbaren Gaben
will ich preisen, will ich loden.

Loden? – Unfug! Will sie loben.
Wirsingköpfe, Kohl, Salate,
alles, was Heinz Schöpfung droben
setzt auf unsre Speisekarte.

Dass ich, Liebste, dir gehöre,
flüstre ich der Roten Bete,
sag's der Welt, sing's in die Möhre,
dass ich dich-dich-dich anbete.

Lass mich nun den Markt bejagen:
Äpfel, Pflaumen und Pataten,
uns zu wohligem Behagen
knusprig eine Ente braten.

Ist das Glück, wie manche sagen,
sehr fragil und nur geliehen?
Mir egal, knurrt laut der Magen,
Nähte zügig strammer ziehen!

In der Küche läuft das Radio,
es will noch kräftig stören,
mit Neujahrs- und Weihnachtstraditionsansprache,
will's nicht hören.

Nein, hier ist jetzt Medienauszeit.
Geht mir weg mit Schurkenstaaten.
Wer Politikern sein Ohr leiht,
könnte auch gleich Gurken braten.

Gurken aber soll man schmoren,
schön in Butter, Dill und Sahne.
Was zu Bethlehem geboren,
ist dagegen nur Banane.

Die jedoch frittiert sehr mundet,
ganz besonders gut mit Honig.
Gottvoll, wie der Tag sich rundet,
du bist Königin, ich – Konig?

Gut. – Ich bitte dich zu Tische,
füttre dir mit meinem Mahle
auf die Hüften kleine Fische.
Oder sind es kleine Wale?

Auf die leg ich meine Hände.
Streichle dich, wie du es gerne
magst, und dann, zum guten Ende,
schieß ich hoch dich, in die Sterne.

Folg dir nach zum Firmamente,
himmlisch ist die Irdenfreude.
Liebste, möchtest du noch Ente?
Oder sprichst du: Komm, vergeude

nicht die Zeit, komm, munter weiter?
Wie auch immer, ich bin heiter.
Denn du reitest, wie zu Pferde,
mich – die gute, alte Erde.

Freuden eines kochenden Arbeiters oder: Der Rest ist Liebe

Auf dem Herd die Flamme entfacht,
in der Pfanne heißes Olivenöl,
da hinein gehen die Dinge:

Ein Kilo Tomaten, geviertelt,
Meersalz, zwei Chilischoten,
zwischen Daumen und Zeigefinger zerrieben,
Schuss Balsamico, Prise Zucker.

Unter dem Messer
zwei Schalotten, vier Zehen Knoblauch,
drei Peperoni,
Handvoll grüne, auch schwarze Oliven,
trockne Tomaten, gehackt,
und auch paar Kapern noch.

Ein Pfund Lamm, Kalb und Rind, gewolft.
Glas Primitivo, ein Schuss Tomatensaft.

Der Rest ist Liebe:
Hitze und Flamme und Zeit
und Rühren und Löffel aus Holz in der Hand
und Schmecken und kleinere Flamme

und Nudeln in Butter, mehr Meersalz und Knoblauch,
mit dem Messer zerdrückt,
und noch viel mehr Zeit.

Ein dampfender Teller,
der Löffel,
der geriebene Parmesan,
dein schimmernder Mund,
der nimmt,
der schmeckt und der kostet.
Deine geöffneten Lippen:
ein Seufzer.
Deine Augen, geschlossen erst,
dann leuchtend,
strahlend dein Lächeln.

Und ich sah, dass es gut war.

Potenzial, Potenzial
Zum Dank an Jutta Resch-Treuwerth

Das Vitamin
muss in den Mann,
damit man ihn
gebrauchen kann.
So spricht die Frau,
serviert Melone,
sie weiß genau:
Es geht nicht ohne.

In der Gartenkolonie

Sie, zum Nachbarn: »Thymian?«
Er, begeistert: »Ti amo!«

Freitagabend, beim Chinesen

Freitagabend, beim Chinesen:
Glutamat nicht gut gewesen.
Samstag dann beim Italiener:
Pasta, alles gleich viel schöner.

Und so ist mir, echt kein Scheiß!,
eine religiöse Verrichtung passiert:
Ich bin von einem Sack Reis
zum Nudeltum konvertiert.

Singular und Plural, katholisch

Der Pa pa pa pa Pa prika
spricht gern in der Basilika.
Wa wa, wa wa, wa wa, warum
spricht er nie im Basilikum?

Wo die doofen Drohnen wohnen

Wo die doofen Drohnen wohnen,
kann man auch Minister klonen.
Ach, das ist schon längst passiert?
Läuft ja alles wie geschmiert.

Wenn sich die Geschäfte lohnen,
darf man auch die Drohnen schonen,
bis das Bisness kollabiert –
dann tun alle sehr verwirrt.

Weil sie ja von nichts je wussten,
diese Armen! Die Bestussten!
Werden auch noch kritisiert!
Doch schon nächste Woche wird

andre Sau durchs Dorf getrieben,
so, wie es die Medien lieben,
die stets sagen: Komm, vergiss
dein Gedächtnis, sondern friss,

was wir dir jetzt neu auftischen.
Nimm die Nachrichten, die frischen.
Schön sind Null-und-Nichtigkeit,
schön ist auch Beliebigkeit.

Gestern noch Herr de Maizière,
heute die Bums-Dings-Affäre.
Doch wie es der Zufall will,
seht die beiden, ein schönes Liebespaar,
umtollt von einer großen Kinderschar.

Angela Deutschland

Das Land dröhnt im Geknattertakt:
Non cogito, bumm-bumm, bumm-bumm.
Es hat sich tüchtig eingeflaggt
und mieft streng schwarzrotgolden.

Wie hat's die Kanzlerin gesagt?
»Die Zeiten hart, die Zeiten schwer.«
Sie möhrt: »Zukunft gestalten«,
mit Sauregurkenfalten.

Es ist das Schland so strunzendumm
mit Rettungsschirm und Auffangnetz.
Afghanistan und Sturmgewehr,
das gibt der Fernsehfußball her.

Die Kanzlerin, sie brabbelt quer.
Sie hat nie mehr Geschlechtsverkehr.

Ach, wisst ihr was? Ich lass das jetz'
und geh zu meiner Holden.

Kommt es noch zum Overkill

Und es trifft, nein, wie sinister!,
den alerten Kriegsminister
just beim Auf-dem-Lokus-Thronen
eine seiner doofen Drohnen.

Geschäftsordnung seit 1989

Bei Wahlen werden die Stimmen
längst nur noch pro forma gezählt.
Die Regierung ist so demokratisch,
die hat sich schon vorher gewählt.

So ist es

Medien ist ein Anagramm von meiden.
Hörst, siehst du dennoch hin, so wirst du leiden.

Das Kartoffelkompliment

Nenn einen Menschen nie Kartoffel,
es sei denn, dass er wüsste,
wie ihn das freuen müsste.
Doch freut's ihn nicht, den Stoffel,
zu dumm aber auch!

Denn zart und schmackhaft ist die Knolle,
heißt Linda oder Grata,
sättigt Sohn und Vater,
füllt der Frau die schöne Rolle,
wärmt ihr Herz und Bauch.

Lech Kaczynski, ohne Gnade,
lehnt Kartoffeln ab – wie schade!
Hat, als Mensch und Präsident,
glatt sein Kompliment verpennt:
So schön sind *Sie* auch!

Stattdessen keimt er vor sich hin,
heult: »Wie ich mächtig wichtig bin!«
Es ist ein Jammer, wenn ein Mann
sich gar nicht loben lassen kann.
Dann steht er auf dem Schlauch.

Kaczynski war Kartoffelkönig,
und Kartoffel ist nicht wenig.
Doch schnauft er, schwer beleidicht,
sodass Erkenntnis uns beschleicht:
Des Polen Reizbarkeit ist unerreicht.

Ja wo finstert es denn?

Es folgt das Jauch-am-Morgen-Quiz:
Wann kommt die Sonnenfinsternis?

Fünfhundert Mios, Do-Re-Fis:
Ich warte auf die Finsternis.

O Baby, give me one more Kiss!
Kommt dann die Sonnenfinsternis?

Oder sitzt da, im Schnellimbiss,
der Beelzebub der Finsternis?

Der Beelzefürst? War's nicht Becel? –
Becel macht nie den Kuchen gel!

Als still ich in den Ginster schiss,
war's keine Sonnenfinsternis.

Sprachjustiz

Es ist so felsenfest, wie Felsen fest sind,
nun beschlossen:
Wer sich »nachhaltig« »transparent« »entschleunigt«
wird erschossen.

Satz und Zeichen

Mancher bringt es auf den Punkt,
darauf reimt sich Forstadjunkt,
was wie Vorstadtjunkie klingt,
wenn man Sprache sachte zwingt.

Mancher, ach, das magichnich',
bringt sich völlig auf den Strich
und seufzt tief im Komma-Koma:
»Süßer, komm ma', komm zu Oma!«

Ich mag Punkt *und* Komma leiden,
will mich deshalb nicht entscheiden
und mit diesen süßen beiden
samten leben wie auch seiden.

Was versöhnt die Welt mit sich
und verbindet Punkt und Strich?
Kein Parfüm, kein EaudeColon. –
Sondern nur das Semikolon;;;;!

Um des Reimes willen

Was kluge Kritiker sich wünschen,
schreibt verlässlich Thomas Pynchon.

Philosophie

Die wahren Welten werden sich stets drehen
um all die Dinge, die wir nicht verstehen.

Sinn des Dichtens

Wer sich zur Dichtung kühn ermannt,
ist leicht durchschaut und schnell erkannt:

Wenn ich wer von den Bösen wär,
dann wäre ich kein Mösenbär.
So sagt's die Schüttelreimermär …

Lyrik und Vaterschaft

»Lyrik kommt bei mir zu kurz, ich habe drei Kinder«,
sagte der Mann am Nebentisch.
Seine Worte waren mir so und sofort sympathisch.
Gern schenkte ich ihm Ringelnatz, Hacks, Rühmkorf
und sowieso Heine,
und deckte, vogelweide- wie degenhardtistisch,
die leise Laute spielend, Bein mit Beine,
und unter Pflaumenbäumen,
gepflanzt, um vom Aufbäumen
nicht nur zu träumen,
einen reichen, also niemals runden Tisch.

Webfehler

Der Dichter sucht sein Heil oft in der Einsamkeit.
Das ist ein großer Irrtum, keine Kleinigkeit.

Der Leseesel

Leseesel, Leseesel,
vorwärts, ruckwärts: Leseesel,
hinzu, ruckzu: Leseesel
Leseesel, Leseesel.

Gibt so viele Lebewesen,
aber nur ein Lesewesen.
Esel, Esel ist's gewesen,
muss stets eseln, muss stets lesen.

Dichterregel

Nach dem Sex und vor dem Essen
schöne Lyrik nicht vergessen!
(Womit man noch besser fährt,
hält man es auch umgekehrt.)

Mein Universum

Mein Universum ist die Frau
Die Frau die Frau die Frau die Frau

Die Frau die Frau die Frau die Frau
Die Frau die Frau die Frau

Die Frau kann mich zwar einzweiseifen.
Ich gehör' ja, naiv, zu den Dummen,

die Shakespeare lesen und ihn nicht begreifen:
»Frailty, thy name is woman!«

Übersetzt: »Schwachheit, dein Name ist Weib!«
Ach, Schwache, bleib mir niemals vom Leib.

Als ich deine Brüste küsste

Ein herzhüpfendes VerrücktvorGlücksgedicht

Als ich deine Brüste küsste
Brüste küsste Brüste küsste
War mir so wie Südseeküste
Südseeküste und ich küsste
Deine Südseeküstebrüste
Südseebrüste Brüsteküste
O wie süß ist diese Küste
Und die Po-e-sie jameskrüsste
Als ich deine Südseeküste
Küsste? Küste? Küsste? Küste?
Wer das wüsste? Brüste? Küste?
Wie sich der Verstand vertschüsste
Als ich deine Brüste küsste …

Katzenpost

Sich des DaniilCharms einer Katze
zu erwehren,
Zählt zu den Aufgaben,
die wir als Lümmel so haben,
zu den ganz schweren.
Das liegt an der rosanen Zartheit der Tatze

In dem Fall heißt Aufgabe aufgeben,
das erweist sich als weise
und rettet, Minimum, zweierlei Leben.
Katze bewegt sich leise,
schnurrt gummimotorend um deine Beine:
»Gib Futter!
Sei Vater und Mutter!
Und alles beides ganz alleine nur meine!«

Pfote, die dich stupst, sacht und fest
Pforte des Lebens, geh durch, der Rest ist nur Rest.
Alles Pussys außer Katze!
Süße, schön ist deren Tatze!

Auch deswegen liebe ich dich

Wenn man die Welt nicht länger erträgt,
weil sie einem den Brägen einschlägt
verlässlich wie grundsätz-versehentlich
(Grundsätze pflege ich nicht sehr viele,
es geht da eher um Brötchen und Spiele)
Nimmst du dir, in der Rasereiwelt
– Zeit –
So, und jetzt weißte Bescheid
Verziehest du mir, wenn ich nieder bin
und vor allem den höheren Biedersinn?
Geduld ist ein du mehr als Geld.

Es war im Monat Juni

Ich bin so liebestrunken
von dir – und darf's nicht sein.
In dich will ich mich tunken,
vermengen dein und mein,
umschlingen Herz und Bein.

Doch hast du dich vergeben
an einen andern Herrn.
Du willst mit ihm jetzt leben
und hältst mich deshalb fern
von dir, mein schöner Stern.

Auch mich, so sagst du, liebst du,
sagst: liebst mich intensivst.
Du küsstest mir den Mund zu,
wenn du nah bei mir schliefst,
ja, wenn du mit mir schliefst.

So konnte ich nicht fragen,
ob du mich stärker liebst.
Und konnte auch nichts sagen,
wenn du nicht bei mir bliebst,
doch heiße Briefe schriebst.

Du zutschtest und du gurrtest
so wonnig rosarot.
Du seufztest und du knurrtest
und schaukeltest das Boot
ins Liebesmorgenrot.

Es war im Monat Juni
im Jahr zweitausendzehn.
Ich weiß, das dachtest du nie,
dass wir uns wiedersehn,
so wie wir uns jetzt sehn.

Du schliefst bei mir recht häufig
in jenen Junitagen.
Die Menschen sind mal läufig
und manchmal läufiger,
doch will ich's nicht beklagen,
man liebt dann häufiger.

Cara, un bacio
per Maria Inferna

Ich bin nun mal Nomade
und immerzu irgendwo,

du musst dich deshalb aber bitte überhaupt nicht sorgen.
Ich liebte dich gestern, liebe dich heute
und liebe dich morgen

und, übrigens, wenn ich das sagen darf:
garantiert auch noch übermorgen.

Ich übernachte im Fremdenzimmer.
Liebe aber ist mir nicht fremd,
im Gegenteil, die ist für immer.

Ich kann mich nicht entscheiden!

Entscheiden heißt scheiden, und scheiden tut weh.
Entscheiden heißt nicht nur ja oder nein,
was schon schwierig genug ist, sondern beides:
indem ich zum einen ja sage, sage ich dem anderen nein.
Leben heißt wählen können
oder auch: Keine Wahl haben.
Keine Wahl haben ist Glück.

Liebeslied der klugen Frau
für Annett Louisan

Erst hast du mich schnöde verlassen.
Dann schworst du, dass du mich vermisst.
Ich weiß, ich sollte dich lassen.
Doch ich weiß leider auch, wie du küsst.

Die Liebe ist manchmal ein Messer
und schneidet in Herz, Fleisch und Blut.
Und du bist kein bisschen besser
und tust mir trotzdem so gut.

Es ist ja nicht so, dass du Brecht liest.
Du liest nicht und kennst nicht mal Blues.
Ach, Süßer, der du so schlecht bist,
weißt du, wie gut du mir tus … t?

Ja, du weißt es, du Schuft, du weißt es genau.
Ich seh es dir an, wie du lächelst und lachst.
Du bist ein Mann, ich bin eine Frau,
und du weißt genau, was du mit mir machst.

Dann wirst du mich schnöde verlassen,
später schwören, wie du mich vermisst.
Ich weiß, ich sollte dich hassen.
Ich weiß ja genau, wer du bist.

Ja, ich weiß, ich sollte dich lassen.
Doch ich weiß leider auch, wie du küsst.

Unter Wilden

Dass du und ich einander alles dürfen,
ist ganz selbstverständlich.
Lass uns niemals klein-gläubig noch klein-fühlend sein.
Sondern, wie sich's gehört, uns uns're Größe zeigen.
So wir sie haben – und: Wir haben!
Denn wir, beileibe, sind nun beide nicht
die Ärsche irgendwelcher Geigen!

Ich muss beim An-dich-denken-Denken
nach all den Jahren immer noch die Luft anhalten
und glücklich, ganz agnostisch, beide Hände falten,
weil immerzu mein Herz,
mitsamt dem ganzen schönen Rest,
ausrastet und aussetzt:
O Süße, schönste, beste Beute!
Genauso geht's mir gerade jetzt!,
um dann, hell wie ein Gong, zu schlagen.

Und du? Du hast, meinst du, noch Fragen? –
Dann muss ich wohl, ganz einfallslos und amtlich,
»Ich liebe dich!« dir sagen.

Lichtloser Abend

Es tut mir so leid, dass ich deine
Taschenlampe zerwarf.
Und nicht nur die –
auch gleich alles, dessen das Herz bedarf.
Und damit meine ich auch das meine.

Licht ist immer wichtig,
und ich hatte kein Licht.
Ich sah es schlicht nicht.
Ich will im Gegenteil immer alles richtig
machen, statt einfach das Leben machen zu lassen. –
So viel Dummheit ist schwer zu fassen.

So gerne hätte ich dein Gesicht gestreichelt,
dich geliebt, dir in jeder erdenklichen Form
geschmeichelt.

Aber »hätte«, sagst du, »sitzt auf dem Klo«. –
Na dann … Wir sehn uns im Irgendwo?

So geht das!

Liebe suchst du? Das ist einfach:
Sprich von »Beziehung«, sage »Hasi«, »Bärchen«,
»Mausi« oder »Ja, mein Schatz«.

Und niemals lies Gedichte von John Donne,
von William Shakespeare, Peter Hacks
noch von Joachim Ringelnatz.

Das Hohe C der Liebe oder: Der feine Unterschied

Einfach sich aushalten
Nicht einfach ausschalten

Liebesleben

Lieben, das heißt: das Leben versieben
und weiterleben, dich immer lieben.

Wen gibt es ohne dich?

Ich habe mich verliebt in dich,
mich ganz in dir verloren.
Und dachte, fühlte, schien zu wissen,
ohne dich gäb' es mich nicht.
Dann habe ich's, als du mich abtatst,
langsam wie ich bin, zwischen den Ohren,
kapiert und fühlte mich, nach langer Zeit,
dann endlich so etwas wie neugeboren.
Das Dumme ist, egal, was alle Esoterik schwafelt:
Neu geboren wird man nicht.
Man steht bloß jeden Morgen da
mit dem noch nicht rasierten
»Schon wieder heute!« so genannten Gesicht.

Die Liebe oder: Lob der Redundanz

Sex, mit Liebe verbunden,
ist, ich sage es unumwunden
(weil unumwunden ein schönes Wort ist
und Liebe nur bei Idioten Sport ist),
das Größte, das es gibt,
weil das bedeutet, dass man sich liebt.

Liebe

Ey, wieso tut denn überhaupt nichts mehr weh?
Weil alles gut tut.

Erkennen

Ja, beim ersten Kennenlernen
hast du mich scheu angesehn,
aber auch mit List und Kraft
dann gehindert, fortzugehn.

Grund der List ist große Lust,
du bist schön und voller Saft,
und ich alter Narr begreife,
dass du willst, nicht dass du musst.

Wanderers Lied an die Süsse

So steht es im Buch der Lieder:
Wer nicht weggeht, kommt nicht wieder.

Bin mal traurig, mal umpfhh … und oft fröhlich.
Aber sogar dann
gehe ich,
irgendwann.

Es muss ja so sein.
Oder klingt das für dich verschwommen?
Du bist mir das Liebste auf der Welt.
Doch zu Hause sein und verweilen
ist nichts, das ich lange mag.
Ich möchte nach Hause kommen,
zu dir eilen,
bei Nacht oder Tag.

Und wieder wandern, neu beseelt,
weil an Liebe es nicht fehlt.

Penis und ich

Viel Wirrsinn und Unfug rührn her vom Penis.
Mal will er dieses, mal wünscht er sich jenis.

Der Herr wollen ditt, und dann wieder datsch.
Nicht selten wünschen der Herr leider Quatsch.

Als ich mir in Ruhe betrachtete,
wo er überall übernachtete,

mich, versteht sich, immer im Schlepptau.
Als Alibi musste ich mit zu der Frau.

Hatte *er* dann später das Ungemach?
Nein, ich. Man nennt das: den Morgen danach.

So sprach ich: »Penis! Bin's satt, dass ich leide.
Leide du! Die Welt ist zu klein für uns beide.

Zeit, dass wir uns trennen. – Auf Wiedersehn.
Ich leg mich schlafen, und dich lass ich stehn.«

Ich ging; doch er folgte ins Schlafenszimmer.
Und da machten wir zwei dann weiter wie immer.

Rehe rücken

Liebste, lass uns Rehe rücken,
eh' die Rehe, voll Entzücken,
still zu ihren Mäusen gehen
und mit Ehe sie beglücken
in der Abendstunde.

Nein? Herr Wirt, noch eine Runde!
Gehen denn die Rehe gar nicht
stille zu den Mäusen hin? –
Das tut nur der gute Mond,
der zunächst die Abendwolken
und erst dann die Maus belohnt?
Und auch alle Welt bewohnt?

Nö? Es wär'n die ollen Igel,
die so gern Tucholsky lesen,
und nicht Gala, Bild und Spiegel?
Igel, Igel, seid's gewesen?
Und was ist dann mit den Rehen?
Unterm Morgenstern, da stehen
Rehlein, die die Zehlein falten? –

Eines wussten schon die Alten:
Nämlich, dass man sich vor Rehen
hüten muss, denn die verstehen
es, wie Bambis auszusehen
und damit die harten, kalten
Menschenherzen zu erringen,
sie mit Süß-Sein zu bezwingen.

Süß sind Rehlein, richtig niedlich
und so vegetarisch friedlich,
wenn sie zarte Weidenkätzchen
knabbern, als wärn's Weihnachtsplätzchen.

Rehlein haben süße Füße,
wedeln dir im Winde wunde Grüße.
Es ist kalt auf dem Balkon, sehr kalt –
Nein!, das ist die Ringelnatzanstalt!

Liebste, fühl mal meine Stirne!
Heiß ist sie, mir schwillt die Birne
von den Versen über Rehe,
die ich selber nicht verstehe.
Und ganz tief in meinem Hirne
finde ich – oje, o Gott! –
auch noch Preiselbeer-Kompott.

Ich probier es. Und es schmeckt!
So wird dieser Tag perfekt.

Liebste, teile mein Entzücken,
eh' wir uns zur Ehe bücken,
wo bloß olle Sorgen drücken.
Lass uns, Liebste!, Rehe rücken!

Nachruf

Ein Traum, ganz nah und friedlich,
der weder gut noch schlecht ausgeht,
der in sich ruht, der daliegt und dahinfließt,
als Ort, an dem wir schwebend bleiben;
das Lebensbuch, an dem wir schreiben
und das wir irgendwann auch immer lesen.
Das, Liebste, wär ich gern für dich, mit dir gewesen.

Eine Frage noch

Warum der Zug von ihr zu ihm, von er nach sie
so schrecklich dumm entgleist ist?
Kann nicht mehr sagen wann wo wie –
ach, Schöne, sach ma': weißt' es?

Freundschaft ist ein Kachelofen

Einander vor den Kopp kucken.
Einander in die Augen sehen.
Sich umeinander sorgen.
Sich übereinander freuen.
Einander umarmen.
Gut sprechen, klar oder das Wirre klärend.
Lachen, auch wenn Tränen dabei sind.
Das Land Du-und-ich betreten, vertrautes Terrain,
mit immer noch erstaunlich viel Neuland.
Zentralheizungen mögen ja praktisch sein, aber
Freundschaft ist ein Kachelofen.
Man stellt ihn nicht einfach an, man füttert ihn,
persönlich,
er bullert dann so schön.

Liebenlernen

In der Wohnung über mir
übt ein Mensch Klavier, Klavier.
Übt Klavier, übt Klavier,
in der Wohnung über mir.

Schenkt mir eine Melodie:
Übt Klavier, übt Klavier,
in der Wohnung über mir.

Ein Genie? Das wird er nie!
Ich dagegen frag mich still:
In der Wohnung über meiner
sitzt da vielleicht etwa einer,
der mich etwas lehren will?

Lehren will aus ganzem Herzen:
Liebe lernt man nur durch Schmerzen.
Es ist so leicht, Vollkommenheit zu lieben.
Wer wahrhaft lieben will, der liebt das Üben.

… übt Klavier, übt Klavier,
in der Wohnung über mir …

Ohrenkuss und Ohrenküsse

Das sogenannte Normale
ist das mir Egale,
ratzekahl Banale,
Konfektionierte, Fahle:
In einer Reis-Timbale
trifft Howard Car-pen-dale
Florence Nigh-tin-gale
zu einem schalen Mahle.

Bah!, das ist der rechte Stuss
für die allerdümmsten Nüsse.
Den man doch nicht haben muss,
denn es gibt noch Hochgenüsse.
Also wählt man das, was schmeckt,
beispielsweise Mohrenküsse.
Das sei politisch nicht korrekt?
Macht doch nichts – nimm Ohrenküsse!

Ohrenkuss ist Ohrenschmaus:
Hier geht er rein, da geht er raus.
Oder ist es umgekehrt?
Egal. Wer küsst, ist unbeschwert.
Wenn wer barmt nach Soll und Sinn,
hört man einfach nicht mehr hin.
Es gilt, in einer Welt voll Mist:
Dummheit hadert, Weisheit küsst.

Das Trommelfell
Eine Tragödie in fünf Akten

Wir dürfen nicht wegsehen? –
Ach was: Wir können nicht weghören.

I. Akt:
Der fromme kategorische Imperativ

Fünf Sinne gibt es: riechen, schmecken, tasten,
sehen, hören.
Dass du sie alle schonen willst,
das, Menschheit, sollst du schwören!
Sei gut zu deinen Sinnen und zu denen andrer Leute,
verschone, Mensch, vor allem fremde
Ohreninnenhäute!

II. Akt:
Immer die Nase vorn:
Nase, Gaumen, Hand und Auge

Die Nase, fraglos, leidet Qualen unter schlechter Luft.
Wie unvergleichlich aber schmerzt ein Ohr, in das
man ruft!
Der Gaumen wird oft Opfer kulinarischer Verbrechen.
Weit ärger ist's, in zarte Ohren grob hineinzusprechen.

Die Hand greift äußerst ungern nur in Matsch
oder in Müll.
Das Ohr jedoch verstirbt, qualvoll und langsam,
bei Gebrüll.
Dem Auge zwar ist Neon- und manch andres
Licht zu grell.
Noch scheuer aber ist des Menschen dünnes Ohrenfell.

III. Akt:
Triumph von sehen, tasten, schmecken, riechen

Wenn sie im Kino tausend cuts per minute
auf mich schießen,
kann ich mich wehren – und doch wenigstens
die Augen schließen.
Wenn ich mit meinen Händen in den Fettnapf
mich vergreife,
kann ich sie einfach waschen, und man reicht
mir dazu Seife.
Was auf der Zunge britzelt, sei es Speise, sei es Wein,
das kann mein Mund, bevor er's schlucken müsste,
von sich spein.
Wenn es am Imbiss riecht nach kross frittierten
Herrenstrümpfen,
kann ich die Nase aber immerhin noch
kräftig rümpfen.

IV. Akt:
Und was macht unterdessen das Ohr?

Mit Krach, Geräusch, Radau und Lärm will man
dich bös verdrießen.
Zwar kannst mit Watte oder Stöpseln du die Ohren
schließen,
doch hallt es zwischen Ohr und Muschel gänzlich leer.
Denn du hörst nichts, und also auch nichts
Schönes mehr.
Das Ohr verendet kläglich an akustischem Skorbut,
wenn man ihm keine Nahrung gibt und ihm
nichts Gutes tut.

V. Akt:
Horche, aber horche gut!

Gib deinem Ohr Musik, Gesang, Gespräch,
Gezwitscher,
aber treib es nicht zu toll.
Das Trommelfell heißt Trommelfell,
weil man es nicht betrommeln,
sondern streicheln soll!

Herkunft, grossmütterlicherseits

Die Augen blau vom Raufen.
Die Nase rot vom Saufen!
Die Haare weiß vom Huren –
Das sind die Farben der Masuren.

Nettoeinwaage, Abtropfgewicht

Im Frühling, im Sommer, im Herbst
liebst du, Mensch, Flora wie Fauna.
Doch im Winter – eh' du an Kälte verschterbst –
wackelst du brav in die Sauna.

Wie herrlich die Wärme
im Innern der Therme!
Doch leider wie qualvoll auch
die Hitze an Buddhabirne und -bauch!

Im Aufguss bei plus hundert Grad
träumst du vom Winter in Stalingrad
und fantasierst: Gott sei Dank
hab ich noch etwas im Kühlschrank!

Etwas schön Kühles, als feine Reserve:
eine erfrischende Sauerkonserve.
Delikatessgurken. Und ebenso etwas Fisch
und Joghurt, der links – oder rechts? – dreht,
zum Nachtisch.

Du erwachst aus dem Tagtraum, matt, ohne Stolz
in einer Folterbude aus Holz.
Quälender, ewiger Durst ist dein Fluch
und du denkst nur an eins noch, nackt auf dem Tuch:

Du, ja du, mit dem Schweiße
im Angesicht wie am Steiße:
Mehr bist du nicht
als ein Abtropfgewicht?

Nein, keine Bange – und gar keine Frage:
Du bist auch Nettoeinwaage!

Und bist selbstverständlich auch,
weil es heißer ist als im Bauch
einer chinesischen Dschunke:
ein ausgekochter Halunke.

Sie zieljen ja auf mich!

Es war einmal in Sizilja,
genauer gesagt in Catanja,
da traf ein Mann von der Mafja
auf mich.
Wir spielten zweidrei Päckchen Scopa,
ich ließ ihm nicht einen Stich.
Ein Mafjoso sieht sich nicht als Verliera.
Verliera klingt hia wie Lira.
Der Mann zog einen Revolva,
nicht heimlich, nein öffentlich.
Was rettete mich? – Ein Kalaua!
Ich sagte: »Sie zieljen ja auf mich!«
Da war der Mann nicht mehr saua.
Er vastaute rasch seine Pistola
und sagte: »Vastehe, Ballina!« –
so versöhnte sich Mafja mit mich.

Das Schalldämpfer-Lied

Wir sind noch nicht verloren,
wir sind noch nicht perdü.
Wir singen gern: »Putain, putain,
putain de merde au cul!«

Wir hören gerne Dylan,
wir hören gerne Bach.
Jedoch, beim besten Willen,
wir hören niemals Krach.

Wir sind noch nicht verloren,
wir sind noch nicht perdü
Wir singen stets: »Putain, putain,
putain de merde au cul!«

Autobiografie

Ich war nie ein Jünger des Verzichts
und gab, wie ich es nahm und wie es kam,
im Fall des Falles immer alles,
und eines Morgens kommt das große Nichts.

Danke!

Danke dir, Leben, auf dich ist Verlass.
Du machst uns alle so richtig schön nass.
Und bringst uns endlich, ob klug oder dumm,
ganz selbstverständlich und einfach so um.

Wesen und Verwesen

Ich hab' es oft gehört und öfter noch gelesen:
Der Mensch ist ein soziales Wesen.
Ich glaube es und seh mir öfter
mich und mitsoziale Wesen an.
Und denke dann: Ach, so ist das gemeint,
na gut, na dann …

Frühlingsanfang

Nimm nicht alles, was sie geben,
nimm nicht jedes Stückchen Brot.
Statt' dem Dank ab, der's verdient hat,
was nicht gut ist, macht nicht satt.
Ohne Eltern gibt's kein Leben,
ohne Freunde nur den Tod.

Und es nähert sich die Stunde,
wo der Teufel Fliegen frisst.
Du musst die Entscheidung treffen,
deine Segel bläh'n und reffen.
Bis zur allerletzten Runde,
in der Wahrheit Wahrheit ist.

Mit Weisen reisen

Gute Rocker
sehn das locker.
70 Jahre ward Joe Cocker.

Ich sah ihn zweimal live,
er hat sich backstage übergeben,
der liebe Gott gibt ihm High Five,
es war ein hartes, also gutes Leben,
wie sich's gehört: Er stieg und fiel
und er stand auf mit »Sheffield Steel«.

Steve Winwoods »Arc of a diver«
war, göttlich gesehen, noch etwas highfiver,
aber »Talking back to the Night«,
von Cocker gesungen,
erzeugte verehrungsgesättigten Neid.

So zu singen!
So zu klingen!
Die Sehnsucht erfassen,
diesseits aller der Menschheit angelogenen Klassen.

The White Cliffs of Dover …
Finally it's all over.
The Cruel Sea, the Beautiful Ocean –
Übrig bleiben Love and Devotion.

Am Krisenherd

Der Krisenherd Bauchfett,
das innere,
und das Syndrom,
das metabolische,

sind bloß symbolische.
Aber wofür?
Für Mensch und Tür
äääh … Tier … ?

Für dett jeht allet danehm?
Neben dett Waschbrett?
Ick jloob, ick spinnere
und jehe lieber im Bettchen nach ohm …
Saangn Se ma – trinken Se morjens schon Bier?

Lebensfrage

Die Frage ist nicht, was man immer gewusst hat.
Die Frage ist nur, ob man trotzdem noch Lust hat.

Faulenzers Lob des Planeten

Das ist das Schöne an diesem Planeten:
Man muss sich ihn nicht mehr selber kneten.

Man muss ihn ertragen – auch mal unter Qualen.
Doch muss man ihn sich nicht mehr selber malen.

Willkommen auf Erden, das Bett ist gemacht.
Alles was daliegt, ist lang schon vollbracht.

Das ist längst Geschichte, dank Evolution.
Gläubische sprechen von Liebgott und Sohn.

Von Luther und seinem Apfelbäumchen.
Es dreht sich die Welt – komm, wir drehen Däumchen!

Wir müssen die Welt nicht mehr schaffen, nicht machen.
Was auf ihr geschieht – man kann drüber lachen.

Was auf ihr geschieht – man kann drüber weinen.
Über lichtarme Wesen auf nur zwei Beinen.

Was auf ihr geschieht – man kann es beschreiben.
Und, so man darf, noch ein bisschen verbleiben.

Die Erde ist rund wie ein Kloß oder Knödel.
Der Erdenbewohner Mensch ist ein Dödel.

Wir reisen nur durch, so gut es grad geht.
Doch ER dreht sich weiter: der blaue Planet.

Kein Stück weit bitte

Wer lacht und weint und liebt und lebt,
wenn's gut läuft, auch schon mal für vier?
Der Mensch, zu seinem Glück,
ein überhaupt kein »Stück weit« kultiviertes Tier.
Von der Wiege bis zur Bahre,
beides bringt, ich ahn' es schon,
mir das I-Phone-Telefon.

Nord-Süd-Gefälle

(auch »Nord-Süd-Dialog«)

Ein Rätsel des Nordens: Das schäbige Wetter
macht die Leute im Umgang viel netter.

Nicht weniger mysteriös ist der Süden:
Als ob die sich Deppen zum Sonnen einlüden.

Und zwar richtig viele, mit Absicht und immer.
Gastfreundschaft bairisch heißt: »Fremdenzimmer.«

Deutschland im Herbst

Der Sommer ist vorbei.
Ihm folgt die Zeit, da Frauen Leggings tragen.
Mir ist so müd zumute, und entsetzlich leer.
Wie? Sagte ich zumut'? – Mut hab ich keinen mehr.
Oh, es hebt an ein großes Weh und Klagen:
Der Sommer ist vorbei.
Ihm folgt die Zeit, da Frauen Leggings tragen.

Der Sommer ist vorbei.
Nun kommt die Zeit, da Frauen Leggings tragen.
Die Pfahlbau-Zeit, Triumph der fahlen Knöchelstümpfe,
fatal, final, brutal, wie abgeschnitt'ne Strümpfe.
Ich werf mich auf den Totentisch, den Schragen:
Der Sommer ist vorbei.
Nun kommt die Zeit, da Frauen Leggings tragen.

Der Sommer ist vorbei.
Jetzt ist die Zeit, da Frauen Leggings tragen.
Sie sagen: Ist doch sexy und bequem zugleich!
Wie allen Uhren wird Big Ben der Zeiger weich.
Ich weiß, ich rede mich um Kopf und Kragen:
Der Sommer ist vorbei.
Jetzt ist die Zeit, da Frauen Leggings tragen.

Der Sommer ist vorbei.
Es folgt die Zeit, da Frauen Leggings tragen.
Plastik-Elastikhaftes soll mich deprimieren;
wer jetzt kein Frauenbein hat, der wird lange frieren.
Ich kann es nur in diesen Worten sagen:
Der Sommer ist vorbei.
Es folgt die Zeit, da Frauen Leggings tragen.

Einschneien

O herrlich, wenn man einfach und natürlich einschneit!
Die Welt wird still, wenn man die Dingsbumsglotze
dieser Sackgesichtereinheitseinheit
nicht einstellt und so auch die Finger lässt
von allen Stoffeln.
Die Winterwelt heißt: vor und für sich rumkartoffeln.

Mallorca

Mallorca ist mal à la tête,
es regnete von früh bis spät.
Sonneninsel? – Ha, von wegen!
Donner gibt's und Blitz und Regen.
Deutsche Massen ist Mallorca.
Die finden sich knorke. Alles and're ist knorker.

So deutlich sagt es Frau Fieramonte.
Ich schrieb es auf, weil ich's nicht wahrer sagen konnte.

Du sollst nicht Hiddenseen noch Rügen

HiddenRügen, schau: Au Backe!
Alle tragen Wetterjacke,
denn die ist so herrlich praktisch,
weshalb man sie prophylaktisch,

reich an Taschen und elastisch,
trägt im Fall, dass unfantastisch
feriendeutsches Wetter sei.
Und überhaupt: Ist was dabei?

Zwar werden Sehende halb blind
von Vatti, Mutti und auch Kind,
von grellbunten Kreisch-Familien.
Deutschland heißt in echt: Debilien.

Fieser als ein Ledernacke
ist die deutsche Wetterjacke,
blau-gelb, grün-braun und rot, und, kuck:
So einsam macht der Partnerlook.

Nie gönge Herr Jack Wolfskinhead
ohne sein' Klettverschluss zu Bett.
Der Klettverschluss ist seine Frau,
sie macht »Ritsch-Ratsch!« und passt genau.

Wintertelegramm

Kommst du gut durchs Graue, Nasse?
Lässt die regellose Masse,
Mensch, dich deine Kreise ziehen?
Oder musst du südwärts fliehen?

Kommst du gut durchs Nasse, Graue?
Schenkt die dämmrig ungenaue,
vage Welt dir endlich Schlaf? –
Antwort gern per Telegraf!

Rundwelt sieht heut aus wie Eimer,
oll und dösig, Farbe: Blei.
Doch ich merk bei jeder Reimer-
ei: Mir geht's am Arm vorbei.

Und so bin ich hopp und heiter
im Gemüt und auch im Sinn.
Denn mir ist, als sei ich weiter,
als ich je gewesen bin.

Neulich in Lappland

Glaubst du an den Weihnachtsmann?
Ich habe ihn gesehen.
Er nahm das Ren von hinten ran
und konnte kaum noch stehen.

Triumph des Heimdiktators

Ich hänge euch alle auf, ihr Schweine:
Strümpfe und Hemden und Hosenbeine!

Und ihr, meine Bücher, haltet den Rand!
Euch stelle ich sowieso an die Wand!

Was, du bist von Goethe, sagst du? – Egal.
Du kommst, wie die andern, ins Bücherregal.

Zwölf Haiku im Schnee

Neben mir pennt die Katze.
Sie ist schon neunzehn und schwarz.
Der Schnee fällt schneeweiß.

Ist Schnee ein Rassist?
Mag er schwarze Katzen nicht?
Bin ich bescheuert,

so was zu fragen?
Die Katze will Fischstäbchen.
»Iglu, nicht Iglo!«,

sage ich deutlich.
Draußen der Schnee ist eiskalt.
Drinnen ist es warm.

Die Katze ist schwarz,
ihr ist alles gleichgültig
außer dem Futter.

Katze sein geht so:
Keine Moral, nur Fressen.
Wird Brecht jemals schlecht?

So im Sinne von:
Da ist das Verfallsdatum
jetzt überschritten?

Schneekatastrophe,
das hieß früher schlicht: Winter.
Die Bahn kann nicht fahrn.

Ein Bombenalarm
mit Eins-a-Salafisten
kommt wie gerufen.

Den Salat fisten?
Wer bitte macht denn so was?
Hardcoreveganer?

Dem Salat richtig
zeigen, wo der Hammer hängt?
Aber warum nur?

Neben mir pennt die Katze.
Sie ist schon neunzehn und schwarz.
Der Schnee fällt schneeweiß.

Mein kleiner grüner Blockwart
(frei nach den Comedian Harmonists)

Mein kleiner grüner Blockwart
sitzt draußen am Balkon.
Falteri, faltera, falteru.
Er zählt die Leute, die den Müll nicht sortieren,
die geht er dann wieselflink denunzieren.

Mein kleiner grüner Blockwart
sitzt draußen am Balkon.
Falteri, faltera, falteru …

Stimmung

Mir ist heut so melankoholisch
zumut, ja so richtig nach Schwermut.
Deshalb steht, und nicht nur symbolisch,
im Flur das gesammelte Leergut.

Lob der Baclofen-Feen

Wer sind die schönsten aller Feen?
Es sind die Bi-Ba-Baclo-Feen.
Sie können zaubern und verwandeln
und lassen dich freiwillig handeln.
Sie lehren dich, dass du nichts musst
und nur noch tust, worauf du Lust
verspürst und nicht nervös, aus Angst,
schon nach der Flasche barmst und bangst.
Du lebst nicht mehr in Sauf und Brauf,
das tut dir gut, das baut dich auf.
Der Alkyatollah baut nur ab
und macht dich traurig, müde, schlapp.
Die Furcht vor Mangel an Esprit
ist simuliert, wahr ist sie nie.
Denn an Ideen aus den Pullen
erkennt man leicht die Künstlernullen.
Wer seinen Kopf mit Alk verschleiert,
der krikelkrakelt, labert, seiert.
Es lebt sich gut mit klarem Hirne.
Der Suff ist Burka für die Birne.
Drum gebt mir, liebe Baclo-Feen,
der Milligramme drei mal zehn
pro Tag, die Dosis Gnosis reicht,
dass man nicht stumpf im Sumpf rumseicht.

Chefvisite

Chefvisite, Chefvisite,
Mensch, der Chef kommt auf Visite!
Und ich biete diesem Mann
nichts als öde Schmerzen an?

Wo er doch, leck mich im Arsch!,
mit neun Leuten Entourage
anrauscht hier im Krankenzimmer.
Bin ich jetzt geheilt für immer?

Chefarzt sagt: »Aah ja, soso«,
»Können Sie denn gut aufs Klo?«
Variiert »Soso, aah ja«,
dann ist Chefarzt nicht mehr da.

Dreizehnkommafümpf Sekunden
hat Visite stattgefunden.
Ach, was habe ich für Glück,
denn der Chef lenkt mein Geschick.

Vier Verse für ein Halleluja

An Allerheiligen wird aller Heiligen gedacht.
Zum Heiligen wird man durch Heiligsprechung erst gemacht.
Wer aus der Dortmund-Elf »macht ihn« am ersten Elften »rein«?
Egal, wer Dortmund siegen lässt:
Der Mann wird heilig sein.

With a big little help from …
(Danke!)

Gute Arbeit, Poesie, Musik und Freundschaft und ja,
sogar ein »Heja BVB !« sind nicht vergebens –
es sind die Waffen gegen die Anfechtungen des
mitunter ziemlich unziemlichen wüsten Lebens.

Ekzem Homo oder: Ich hätte da mal eine Frage, Herr Nietzsche

Der Mensch suhlt sich im Seelensumpf,
dann steht er wieder auf dem Strumpf,
fühlt frischen Lebensmut.

Mal ringt ihn seine Psyche nieder,
doch kommt er immer, immer wieder.
Jetzt im Ernst ma', ist das gut?

Raps oder: Alles so schön gelb hier!

Ein Bankier hieß Abs.
Barbara heißt Babs.
Im Reggae gibt es Dubs.
Fabsi, ja, den gab's.

Harter Alkohol heißt Schnaps.
Den Japaner nennt man Japs.
Und den doofen Vater: Paps.
Am Ende gibt's Corega Tabs.

Frei nach Joachim Ringelnaps
gab ich dem Reh, nein, dem Japs,
einen ganz kleinen Stips, neinnein!, einen Schnaps.
Und da war er aus Gips? – Nee, aus Raps.

Religionsunterricht

Paulus predigt den Makrelen:
»Ihr sollt hier nicht rumkrakeelen!«

Die Makrelen, eher dumm,
blieben, dem entsprechend, stumm

und halten die Klappe bis heute.
Das ist der Einfluss der Kirche, Leute!

Neujahr

Neujahr: Jeden Tag aufs Neue
hält der Mensch das Blatt des Lebens,

dass er fragend sich dran freue,
in der Hand, und unvergebens

sagt er sich: Na komm, dann leg es,
ganz egal, was ich auch anlang.

Nicht am Ende meines Weges
steh ich, sondern doch am Anfang,

und ich tu, in großer Treue,
alles Neue ohne Reue.

Bundesliga-Konferenz

Von Sabine Töpperwien
am Radio zusamm'geschrien.
Schrappig jabbelt stets ihr Stimmband
durch das Fußball-Null-Benimm-Land.
Dieses nennt man Konferenz.
Sprache trifft Inkontinenz.
Die Steigerung von »top« heißt »töpper«.
Ich jumpe aus dem Fenster, Köpper!
Ob mal Stille herrscht im Äther? –
Vielleicht später, vielleicht später …

Nur der BVB

Was Politik nicht schafft und nicht die Frau,
Dortmund kann das, es färbt das Resthaar grau.

Antlitz und Schlussstein der Welt: Bielefeld

Ein Inferno, welches Dante,
dieser Glückspilz!, noch nicht kannte
und es nicht beschreiben musste,
weil er nichts darüber wusste,
lodert so:

Auch Arthur Schopenhauers Welt,
ob gewollt, ob vorgestellt,
zerfällt
entstellt
in Bielefeld …

Zucht und Flucht

Wäre, hätte, könnte, müsste:
Das ist nicht die wahre Welt.
Sein und haben können muss man!
So lernt man's in Bielefeld.

Weil ich's aber nicht erlernte,
sah ich, dass ich mich entfernte
in die Welt, die schön besternte.

Gruss nach vorn

*Für Klaus Bittermann (*8. 4. 1952)*

Bittermann, Klaus Bittermann
auf dem Highway Sixty-One!

Einundsechzig, geht's jetzt schnell
auf den Highway straight to Hell?

Glaub ich nicht, denn der Verleger
dieser feine, scharfe Feger,

der nicht Teppiche verlegt,
sondern Wahrheitssuche pflegt

und die dicksten Bretter bohrt,
Guy Debord und Wolfgang Pohrt,

ist gestaltlich frisch und hager.
Sein Verlag klingt wie ein Schlager,

italienisch sinnenfroh:
Editione Ti amo!

Wie, das stimmt nicht? – Aaah, Verrat!
Der Verlag heißt Tiamat?

(gesungen):
»Ti amat, isch sag nur ti amat,
ti amat ti amat ti amat ti amat ti amat …«
(ad infinitum)

Einundsechzig ward er gestern,
dieser Held aus deutschen Western.

Und gewinnt der BVB,
tut ihm beinah nichts mehr weh.

Nachruf auf die Zeitschrift »Vögel konkret«

Morgens um fünf sind alle Vögel da,
sogar ein Rabe namens Gremliza.

Am schönsten singt, auf ihre Weise,
Tomayers Meise, zart und leise.

Verschiedenes Italien

Sentimentalien? – Unbedingt, gerne!
Ich mag auch lang schon verglühte Sterne.
Genitalien? – Sicher, so etwas gibt's.
Am schönsten geh dann dran, wenn du auch liebst.

Aber Digitalien? – Nichts da! Geh weg!
Mit der Sorte Dreck hat nichts einen Zweck.
Nullen und Einsen (vorwiegend Nullen).
Prego und presto: Barolo-Pullen!

Pullen? Apulien? In Digitulien?
Ich muss mich setzen, schieb mir 'nen Stuhl hin.
PferdäppelMäc geht auf die Pupillen.
Der Sekte bin ich nicht mehr zu Willen.

Wir wurden einst froh analog gemacht.
DigItalien? – Gelogen, nicht gelacht.
(Geschweige, es würde dort je gedacht.)
So etwa hat's Rio Reiser gesacht:
Macht endlich kaputt was euch kaputt macht:

Dann fahre ich, gebürtig Westfalien,
sehr zuversichtlich nach Süditalien.

Tierzeiler

Allerallerhöchstwahrschein-
lich interessiert's kein Schwein.
Doch wir drehn noch mal die Runde
für die Katz statt vor die Hunde.

Fisch im Mond

Der Fisch ist im Mond
in diesem Jahr
nichts ist mehr so
wie es mal war

Der Fisch ist im Mond
Mond ist im Meer
gar nichts ist mehr
wie es nie war

Exit Paradies

Was ist an Religion so fies?
Sie verspricht das Paradies.

Paradies bedeutet Enge,
seelische Verhaltenszwänge,

doch es hat, bei seiner Länge,
jede Menge Notausgänge.

Weshalb uns die Flucht gelänge,
worüber ich dies Liedchen sänge.

Weihnachten für Heranwachsende

Es lässt sich unter Weihnachtssternen
bequem die Heuchelei erlernen.

Neujahrsvergnügen

Silvester gibt es reichlich Punsch,
an Neujahr zieht man einen Flunsch
und äußert zweie seiner Wünsche:
»Nie wieder, bitte, so viel Pünsche!
Und einen soll der Teufel holen:
den Erfinder solcher Bowlen!«

Der Kopf summt wie ein Bienenstock
vom Alles-durcheinander-Grog.
Der Kopf dröhnt wie ein Essensgong
und repetiert den Endlos-Song:
»Hey, dicke Rüben, weiche Birnen,
was soll die Menschheit mit Gehirnen?
Die sind doch nur zum Wehtun da!
Ach, ob-la-di, ach, ob-la-da!«
So brummt's im allerrau'sten Bass:
»Prost Neujahr! Auf den nächsten Spaß!«

Neujahrsgruss

Hier spielt die Masse Piff-Paff-Poff,
doch trotz des Kriegslärms bleibe
ich euch und Welt ein Wig and Love
und schreibe.

Akustisch bin ich ein wenig zerschunden.
Denn Oropax Christi wurde noch nicht erfunden.

Schlechtes Wetter

Wenn die Hitze brütet, ist das Wetter so,
dass die Leute meinen, es sei comme il faut.

Hitze wird im sogenannten Hier und Jetzt
von den meisten Menschen grässlich überschätzt.

Vorteilhaft daran ist nur: Man hört nicht jeden
ständig und ausschließlich übers Wetter reden.

Verneigung

Der Tod ist niemals ein Spaß
und beschert den Lebenden dieses Maß:

Habe ich halbwegs angemessen
gelebt oder nur feige rumgesessen?

Nahm ich nur hin, oder hab ich auch hergegeben?
Komm, flüst're es mir, süßes, schwirriges Leben!

Wir haben die Wahl: die Welt verschlimmern
oder uns um unsere Liebsten kümmern.

Le mort ist das Ziel von la vie.
Etwas anderes bekommen wir nie.

Es bleibt, sich vor Güte tief zu verneigen. –
Der Rest ist, nach Shakespeare, Gedenken
und Schweigen.

Dankabstattung

Vor dem Fenster gestöbert der Schnee.
Schau: Flocke für Flocke eine Fee.
Die machen zusammen den Weltenscheiß,
leise statt laut, und reinweiß
malen sie tanzend dann
ganz still und stickum die Stadt an,
die eben noch oll und abbelig war
und verlangen nicht einmal Honorar.
Sie sind mir so viel lieber
als jeder Schrapp-Schrapp-Schneeschieber
und jeder Rollsplitt- und Tausalz-Streuer,
Sklaven gehetzter Sklaven am Steuer.
Ach Menschheit, lass dich doch einschnei'n.

Anfang

Bring die Psyche zum Schuster:
Neuer Absatz, neues Muster.
Lass die Seele dir besohlen
und dann sage: Gott befohlen …!

Wiglaf Droste, 1961 in Westfalen geboren, ist Schriftsteller, Sänger und Vorleser. Er schreibt für Funk und diverse Zeitungen, hat zahlreiche Bücher und Hörbücher veröffentlicht und wurde mit dem Ben-Witter-Preis (2003) und dem Annette-von-Droste-Hülshoff-Preis (2005) ausgezeichnet. 2009 war er Stadtschreiber in Schloss Rheinsberg. Sein Lieblingssatzzeichen ist das Semikolon. Er lebt in Leipzig.